CLÁSICOS DE CIENCIA FICCIÓN

El monje negro

ANTÓN CHÉJOV

PRÓLOGO DE RICARDO MUÑOZ FAJARDO:
FANTASÍA Y PROTOCIENCIA FICCIÓN RUSA

422

EL MONJE NEGRO

ANTÓN CHÉJOV

Ciencia Ficción y Fantasía - 155

El monje negro
Primera Edición, octubre de 2025

© Libros Mablaz, Madrid, 2025
www.librosmablaz.com

© De esta edición, Libros Mablaz

blogs:
Editorial Libros Mablaz
http://editoriallibrosmablazycienciaficcion.blogspot.com.es/
Ciencia ficción y fantasía en Libros Mablaz:
http://mablazlibros.blogspot.com.es/
Librería en Todocolección:
https://www.todocoleccion.net/s/catalogo?identificadorvendedor=LibrosMablaz

Diseño de cubiertas: Mari Carmen López

ISBN: 979-13-990941-8-3
Depósito Legal: M-22415-2025
LIBROS MABLAZ - 422

El monje negro

Antón Chéjov

PRÓLOGO:

Fantasía y protociencia ficción rusa

Rusia parece un país distante, muy alejado de Occidente, con sus propias costumbres y tradiciones, volcado en él mismo, al que sus nacionales llaman la madre Rusia, el ombligo del mundo, porque si todavía hoy en día es la nación más grande del mundo, en tiempos del imperio ruso era mayor todavía, puesto que antes de la disolución de la Unión Soviética constaba de quince territorios que ahora son países independientes, algunos de ellos de mayor extensión que España y le pertenecía también Finlandia.

Sí, la cultura rusa es muy introspectiva, pero eso no significa que tampoco mire las tendencias de moda que surgen en el resto del mundo, y lo mismo que es uno de los países con más arquitectura *art nouveau* del globo, y ya es decir, la ciencia ficción, en todos los subgéneros que subyacen de ella, tiene representaciones desde tiempos muy tempranos de acuerdo con lo que ocurrió en muchos países del mundo.

Vamos a citar varios ejemplos, entre los que hemos de decir que, en ocasiones, la calificación de algunas de las obras que vamos a relacionar como de temática fantástica o de ciencia ficción son controvertidas, controversia en la que participa el autor de este prólogo.

Empecemos.

Aleksandr Pushkin (1799-1837), un autor de sobrada categoría, muy reconocido, publicó un único libro que se puede considerar del género, conocida por tres títulos similares, *La dama de espadas, La dama de picas o La dama de los tres naipes* (1833).

Nikolai Gogol (1809-1852), agrupó en tres libros los relatos fantásticos-folclóricos que escribió. *Veladas en un caserío de Dikanka* (ocho relatos, 1831-1832), que contenía ocho cuentos, *Mírgorod* (1832-1834, cuatro) y *Cuentos de San*

Petersburgo (1835-1842, cinco, que contenía su obra más celebrada, *Diario de un loco*).

Aleksei Tolstoi (1817-1875), al que no hay confundir con el autor del mismo nombre citado más adelante, escribió *La Familia del vourdalak* (1839), un cuento de vampiros.

De esta relación no se libra otro grande, Fiódor Dostoievski (1821-1881), cuya ubicación en el género de las dos obras es ambigua. Se trata de *El doble* (1846) y *Noches Blancas* (1848).

León Tolstoi (1828-1910), otro de los muy conocidos autores rusos que han trascendido de las fronteras de su país, que tiene una serie de obras que no son unánimemente reconocidas como pertenecientes al género del que trata esta reedición. Cuenta con varias novelas breves que hay que reseñar: *La muerte de Iván Ilich* (1886), que cuenta la historia de un juez de la alta magistratura en la Rusia del siglo XIX en los últimos momentos de su vida, cuando una enfermedad terminal hace los últimos recorridos por su ser; *El padre Sergio* (1898), un libro de una dureza argumental que cuenta las andanzas de un hombre rico que descubre la infidelidad de la que va a ser su esposa y se refugia en la pobreza y el la religión: *El diablo* (1899), que narra los desequilibrios de un potentado que se debate entre un matrimonio de conveniencia y el verdadero amor que siente hacia una campesina casada; *Hadji Murat* (1896-1904, publicada en 1912), situada en el momento de la expansión del imperio ruso en el Cáucaso, cincuenta años antes).

Aleksei Apujtin (1840-1893) es otro de los pioneros del género fantástico en Rusia. En 1892 salió a la luz un relato suyo, *Entre la vida y la muerte*, donde el autor se plantea el dilema de la conciencia enfrentada a la muerte, que él ya veía muy próxima y recrea una inquietante experiencia de *déjà vu*.

Porfiri P. Infántiev (1860-1913), también escribe un opúsculo, titulado *Entre otro planeta* (1901), donde relata un viaje a Marte.

Serguei R. Mintslov (1870-1933) mantiene la dinámica de la narración breve, *El misterio de las paredes* (1917), en la que se da una máquina que deja ver y oír lo acontecido en el pasado si es situado entre las paredes de un edificio.

Valeri Briúsov (1873-1924) cuenta con tres obras que se pueden calificar como protociencia ficción al menos, *La república de la Cruz del Sur* (1904-1905), *La insurrección de los automóviles* (1908), *La première interplanetaria* (Desc.). También debemos citar alguno de sus relatos, anteriores a las obras largas ya citadas. Son *La montaña de la Estrella* (1898) y *Gora Zvezdy* (1899).

Alexander Bogdanov (1873-1920) cuenta con una novela en el género muy relevantes, *Estrella roja* (1908), una utopía futurista ambientada en Marte, en la que realiza predicciones sobre los desarrollos científicos y sociales en torno a la robótica.

Yevgeny Zamyatin (1884-1937) escribió *Nosotros* (1920).

Aleksei Tolstoi, mismo nombre pero persona diferente a la citada con el mismo nombre y apellido anteriormente (1883-1945), especializado en novelas históricas y de ciencia ficción. De este último género son *Hiperboloide del ingeniero Garin*, en el que el protagonista del que habla el título pretende dominar el mundo mediante un invento que él mismo ha creado. Aun así, la obra imprescindible que escribió Tolstoi en el género fue *Aelita, o el declive de Marte* (1923), que ya se considera un clásico de la ciencia ficción.

Alexander Beliaev (1884-1942), cuenta con un buen puñado de relatos de fantasía y ciencia ficción, lo que le llevó a ser considerado el Julio Verne ruso. Entre ellos están *La cabeza del profesor Dowell* (1925), *El anfibio* (1928), *Ictiandro* (1928), *La estrella Ketz* (1938), *El ojo mágico* (1938), *Ariel* (1941) y, ya de 1942, *El laboratorio W, Ábrete, Sésamo, Ambo, El ojo mágico* y *La gravedad ha desaparecido*.

Y, por fin, llegamos a Antón Chejov (1860-1904), cuyo libro *El monje negro* (1893-1894), la única obra, junto a *La cerilla sueca* (1884).

En *El monje negro* el autor toca el tema de la doble personalidad y de los límites entre fantasía, enfermedad y locura así como la condena social que a veces se ejerce sobre las personas que destacan socialmente.

El protagonista empieza a tener la visión de un monje negro, como en un arranque de esquizofrenia. Ya casado, empieza a hablar con el monje sin que Tania, su esposa, vea a nadie con el que dialogar. Por este hecho, decide ir a un psiquiatra, se pone en tratamiento y consigue curarse, pero su personalidad cambia radicalmente, lo que lleva la narración a otro ámbito diferente, de mucho interés por la diferencia entre la primera parte de la novela y la segunda.

I

Andréi Vasílich Kovrin, licenciado
en filosofía, estaba agotado y tenía los
nervios destrozados. No seguía ningún
tratamiento, pero un día, ante una botella
de vino, habló del tema con un amigo
médico, quien le aconsejó pasar la primavera y el verano en el campo. Precisa-
mente había recibido una larga carta de
Tania Pesotski en la que le invitaba a pasar algunos días en Borísovka y decidió
que debía emprender ese viaje sin falta.

En un principio —a comienzos de
abril— se trasladó a su propiedad natal
de Kóvrinka, donde pasó tres semanas en
soledad; luego, cuando los caminos se hi-

cieron más transitables, se dirigió en su carruaje a casa de Pesotski, su antiguo tutor y mentor, horticultor conocido en toda Rusia. Desde Kóvrinka hasta Borísovka, donde vivían los Pesotski, no habría más de setenta verstas; viajar con ese tiempo primaveral, en un confortable coche de ballestas que avanzaba por una buena carretera, le pareció una verdadera delicia.

La casa de los Pesotski era una enorme construcción con columnas y leones, de los que se había desprendido el estuco, y un lacayo vestido de frac en la entrada. El viejo parque, sombrío y austero, arreglado al gusto inglés, se extendía durante casi una versta, hasta llegar al río, donde terminaba en una orilla arcillosa, escarpada y agreste, en la que crecían pinos con raíces a flor de tierna, semejantes a patas peludas; abajo centelleaban las aguas solitarias y los chorlitos pasaban piando de modo quejumbroso; en ese lugar reinaba siempre tal atmósfera que el visitante se sentía tentado de sentarse y escribir una balada. Cerca de la casa, en cambio, en el patio y en el huerto de árboles frutales que, junto con los semilleros, ocupaban un área de unas treinta *desiatinas*[1], el ambiente era alegre y jovial hasta con mal tiempo. Aquellas maravillosas rosas, azucenas y camelias, aquellos tulipanes de todos los colores imaginables, desde el blanco impoluto a un negro de hollín, y, en general, aquella exuberancia

---

[1] Desiatina: medida de medida durante el imperio ruso. Hay 2 referencias diferentes sobre ella, solo citaremos a la que establecía el Estado, la *Kaziónnaya desiatina* (*desiatina* del Tesoro u oficial), equivale a 10.925 m² = 117.600 pies cuadrados.

de flores de la propiedad de Pesotski, Kovrin no los había visto en ninguna otra parte. La primavera estaba solo en sus comienzos y el verdadero esplendor de los parterres se ocultaba aún en los invernaderos, pero las flores que despuntaban a lo largo de las alamedas, en algún que otro punto de los macizos, bastaban para sentirse, cuando se paseaba por el jardín, en un reino de tonalidades suaves, sobre todo en las primeras horas del día, cuando sobre cada pétalo centelleaba una gota de rocío.

Lo que constituía la parte decorativa del jardín y lo que el mismo Pesotski llamaba con desprecio naderías, había causado antaño en Kovrin, cuando era niño, la impresión de un cuento de hadas. ¡Cuántos prodigios, qué primorosas monstruosidades, qué parodias de la naturaleza! Había árboles frutales en espaldera, un peral que tenía forma de álamo piramidal, robles y tilos redondeados, un manzano que parecía una sombrilla, ciruelos que trazaban arcos, monogramas, candelabros y hasta la cifra de 1862, el año en que Pesotski había empezado a ocuparse de la horticultura. Había también hermosos y esbeltos arbustos con el tronco enhiesto y robusto como el de las palmeras, en los que solo tras un examen detenido era posible reconocer un grosellero o un casis. Pero lo que más alegraba el jardín y le daba un aspecto más vital era su animación constante. Desde las primeras horas de la mañana hasta la noche, alrededor de árboles y arbustos, en las alamedas y en los macizos, iban y venían como hormigas hombres con carretillas, azadas y regaderas...

Kovrin llegó a la hacienda de Pesotski por la noche, pasadas ya las nueve. Encontró a Tania y a su padre, Yegor Semiónich, en un estado de gran agitación. El cielo claro y estrellado y el termómetro presagiaban una helada al amanecer, pero el jardinero Iván Kárlich estaba en la ciudad y no había nadie para reemplazarlo. Durante la cena solo se habló de la helada, tomándose la decisión de que Tania no se fuera a dormir y saliera a dar una vuelta por el jardín, después de la media noche, para ver si todo estaba en orden; Yegor Semiónich, por su parte, se levantaría a las tres e incluso antes.

Kovrin pasó con Tania toda la velada y después de medianoche salió con ella al jardín. Hacía frío. Olía ya intensamente a humo. En el gran huerto de árboles frutales, que recibía el nombre de comercial y reportaba a Yegor Semiónich todos los años varios miles de rublos de beneficio neto, flotaba junto a la tierra un humo negro, espeso, acre, que envolvía los árboles, protegiendo de la helada ese dinero. Los árboles se disponían en tresbolillo, con las hileras derechas y regulares como filas de soldados y esa regularidad severa y pedante y el hecho de que todos los árboles tuvieran la misma altura y copas y troncos completamente idénticos, conformaban un cuadro monótono y hasta aburrido. Kovrin y Tania recorrieron las hileras, donde se consumían fuegos de estiércol, paja y toda clase de desperdicios, y de vez en cuando se cruzaban con algunos trabajadores que vagaban en medio del humo como sombras. Solo habían florecido los cerezos, los ciruelos y algunas clases de manzanos, pero todo el huerto aparecía lleno de humo y solo cerca de los semilleros Kovrin pudo respirar a pleno pulmón.

—Ya en mi infancia este humo me hacía estornudar —dijo, encogiéndose de hombros—, pero sigo sin comprender cómo puede proteger de la helada.

—El humo reemplaza a las nubes cuando no las hay... —respondió Tania.

—Y ¿qué necesidad hay de nubes?

—Con tiempo nublado y cubierto no hay heladas.

—¡Vaya!

Se echó a reír y la cogió de la mano.

El rostro aterido y ancho, con una expresión de gran seriedad, las finas cejas negras, el cuello levantado del abrigo, que le impedía mover la cabeza con libertad, y toda su figura, delgada, esbelta, con el vestido recogido para que el rocío no lo humedeciera, le conmovieron.

—¡Señor, cuánto ha crecido usted! —dijo—. La última vez que visité este lugar, hace cinco años, todavía era usted una niña. Estaba muy delgada, tenía las piernas largas, llevaba vestidos cortos y la cabeza descubierta, y yo la hacía rabiar llamándola «garza»... ¡Lo que hace el tiempo!

—¡Sí, cinco años! —suspiró Tania—. Ha llovido mucho desde entonces. Dígame en conciencia, Andriusha —añadió con

23

viveza, mirándole a la cara—, ¿se ha enfriado su afecto por nosotros? Pero ¿por qué le hago esa pregunta? Es usted un hombre, tiene una vida personal interesante, ha alcanzado la celebridad... ¡Es natural que se olvide! Pero en cualquier caso, Andriusha, me gustaría que nos considerara como de la familia. Tenemos derecho a ello.

—Ya lo hago, Tania.

—¿Me da su palabra?

—Por supuesto.

—Hoy se ha sorprendido usted de que tengamos tantas fotografías suyas. Pero debe saber que mi padre le adora. A veces hasta tengo la impresión de que le quiere más que a mí. Está orgulloso de usted. Es usted un sabio, un hombre excepcional, ha hecho una carrera brillante y él está convencido de que todo eso se debe a que él le educó. Yo no le llevo la contraria. ¡Que lo piense!

Ya había empezado a amanecer, como se advertía sobre todo en la nitidez con que se perfilaban en el aire las volutas de humo y las copas de los árboles. Los ruiseñores cantaban y desde los campos llegaba el chillido de las codornices.

—Es hora de irse a la cama —dijo Tania—. Hace frío —añadió, cogiéndole del brazo—. Gracias por haber venido, Andriusha. Los escasos conocidos que tenemos son personas poco interesantes. Aquí el único tema es el huerto, el huerto, el huerto, nada más. Troncos, tallos —enumeró, echándose a reír—, manzanas de Oporto, reinetas, árboles silvestres, injertos, acodos... Toda nuestra vida está consagrada al huerto, hasta el punto de que ya solo sueño con manzanas y peras. Todo eso está muy bien y es útil, pero a veces me gustaría alguna otra cosa para variar. Recuerdo que, cuando nos visitaba o se quedaba a pasar las vacaciones, en la casa todo parecía más fresco y luminoso, como si hubieran quitado las fundas de los muebles y de las arañas. Yo era entonces una niña, pero me daba cuenta.

Habló largo rato y con mucho sentimiento. A Kovrin se le pasó de pronto por la cabeza que en el transcurso del verano podía unirse a esa criatura menuda, débil y locuaz, dejarse seducir por ella y enamorarse. ¡Nada más natural, dada la situación de ambos! Ese pensamiento le conmovió y le divirtió; se inclinó hacia ese rostro atractivo e inquieto y se puso a cantar en voz baja:

—Onieguin, no voy a ocultarte que amo locamente a Tatiana...

Cuando llegaron a casa Yegor Semiónich ya se había levantado. Kovrin no tenía ganas de dormir, de modo que se quedó charlando con el anciano y volvió con él al jardín. Yegor Semiónich era alto de estatura, ancho de hombros, panzudo y padecía asma, a pesar de lo cual caminaba tan deprisa que apenas se le podía seguir. Tenía siempre un aire de enorme preocupación e iba de un lado a otro sin parar, convencido de que si se retrasaba, aunque fuera un solo minuto, todo se echaría a perder.

—Fíjate qué historia, amigo... —

empezó, deteniéndose para recobrar el aliento—. En la superficie de la tierra, como ves, está helando, pero si colocamos el termómetro unos cuatro metros más arriba, en la punta del bastón, el aire está templado... ¿Por qué?

—La verdad es que no lo sé —dijo Kovrin, echándose a reír.

—Hum... No se puede saber todo, claro está... Por muy grande que sea tu cabeza, no hay sitio en ella para todo. Te interesas sobre todo por la filosofía, ¿no es así?

—Sí. Doy un curso de psicología y, en general, me ocupo de la filosofía.

—¿Y no te aburre?

—Al contrario, solo vivo para eso.

—Bueno, que Dios sea loado... —dijo Yegor Semiónich, acariciándose con aire pensativo las patillas grises—. Que Dios sea loado... Me alegro mucho por ti... mucho, amigo...

De pronto aguzó el oído y, con una expresión terrible, salió corriendo y desapareció detrás de los árboles, entre las nubes de humo.

—¿Quién ha atado este caballo al manzano? —se le oyó gritar con una voz desesperada, que partía el corazón—. ¿Quién es el canalla y miserable que se ha atrevido a atar un caballo al manzano? ¡Dios mío, Dios mío! ¡Qué ruina, qué abominación, qué profanación, qué infamia! ¡El huerto está destruido! ¡El huerto está perdido! ¡Dios mío!

Cuando regresó junto a Kovrin, parecía extenuado, ultrajado.

—¿Qué hacer con esta maldita gente? —dijo con voz llorosa, abriendo los brazos—. ¡Stepka trajo anoche un carro de estiércol y ha dejado el caballo atado a un manzano! Ha apretado tanto las riendas, el muy canalla, que la corteza se ha levantado en tres sitios. ¡Fíjese! Se lo digo y se queda plantado como un poste, sin dejar de parpadear. ¡Ahorcarle sería poco!

Una vez tranquilizado, abrazó a Kovrin y le besó en la mejilla.

—Bueno, que Dios sea loado... que Dios sea loado... —farfulló—. Me alegro mucho de que hayas venido. Me alegro muchísimo... Gracias.

Luego, con el mismo paso apresurado y ese aire de preocupación, recorrió todo el jardín y enseñó a su antiguo pupilo todos los invernaderos, las estufas, los cobertizos para los trasplantes y dos colmenas, a las que consideraba la maravilla del siglo.

Mientras caminaban, salió el sol, alumbrando con fuerza el jardín. El ambiente era tibio. Se anunciaba un día luminoso, alegre y prolongado. Kovrin recordó que solo estaban a comienzos de mayo y que aún quedaba por delante todo el verano, igualmente luminoso, alegre y prolongado, y de pronto en su pecho se despertó aquel sentimiento jovial y juvenil que le embargaba de niño cuando recorría ese mismo jardín. En ese momento abrazó también al anciano y lo besó con ternura. Ambos, conmovidos, entraron en la casa y se pusieron a beber té en unas viejas tazas de porcelana, acompañado de nata fresca y bizcochos; esos pequeños detalles le recordaron de nuevo su infancia y su juventud. El presente era maravilloso y las impresiones del pasado que renacían en su recuerdo se fundían con él; las imágenes se apretujaban en su cabeza, dejándole una sensación de bienestar.

Esperó a que Tania se despertara, tomó café con ella, paseó, luego se retiró a su habitación y se puso a trabajar. Leía con atención, tomaba notas y de vez en cuando levantaba la vista para contemplar el panorama que se divisaba a través de la ventana abierta o los jarrones con flores frescas, aún húmedas de rocío, colocados sobre la mesa, y de nuevo bajaba los ojos sobre el libro; tenía la impresión de que cada fibra de su cuerpo temblaba y vibraba de alegría.

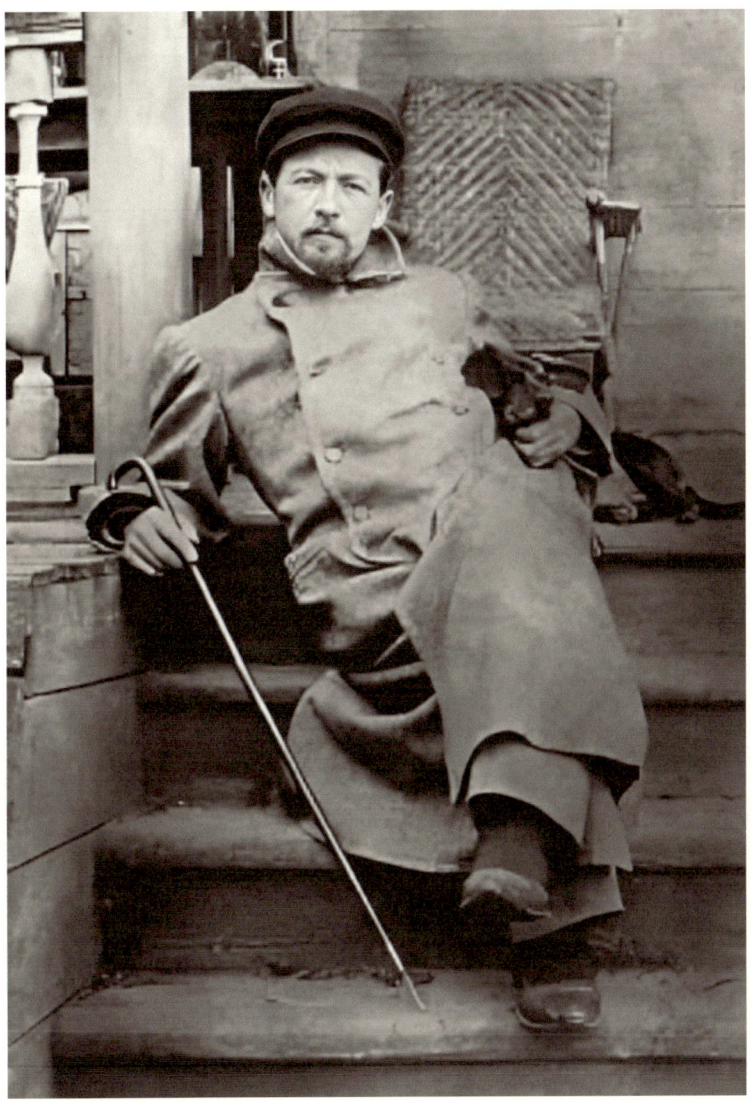

II

En el campo siguió llevando la misma vida tensa y agitada que en la ciudad. Leía y escribía mucho, estudiaba italiano y, cuando paseaba, pensaba con placer en que pronto se pondría de nuevo a trabajar. Dormía tan poco que todos se sorprendían; si, por causalidad, durante el día se quedaba traspuesto media hora, luego no pegaba ojo en toda la noche; pero después de esas vigilias, se sentía alegre y animado.

Hablaba mucho, bebía vino y fumaba cigarros caros. Casi todos los días venían a la hacienda de Pesotski señoritas de la vecindad que junto con Tania interpretaban melodías al piano y cantaban; a veces les visitaba un joven vecino que tocaba muy bien el violín. Kovrin escuchaba con avidez la música y el canto y quedaba tan fatigado que los párpados se le cerraban y la cabeza se le inclinaba sobre el hombro.

Un día, después del té de la tarde, estaba sentado en el balcón, leyendo. En ese momento, en el salón, Tania, soprano, una de las señoritas, contralto, y el joven del violín ensayaban la célebre serenata de Braga. Kovrin escuchaba las palabras —las jóvenes cantaban en ruso— y no alcanzaba a entender su significado. Entonces, dejando a un lado el libro, aguzó el oído hasta que las comprendió: una muchacha, de imaginación enfermiza, oía por la noche en el jardín unos sonidos misteriosos, hasta tal punto hermosos y extraños que solo podían ser una armonía sagrada, incomprensible para nosotros, simples mortales, y que por tanto volvía volando al cielo. A Kovrin empezaban a cerrársele los ojos. Se puso en pie y, presa del agotamiento, dio unos pasos por la sala y luego por el salón. Cuando la canción se interrumpió, cogió a Tania por el brazo y salió con ella al balcón.

—Llevo todo el día de hoy, desde primera hora de la mañana, dándole vueltas a una leyenda —exclamó—. No recuerdo si la he leído o si se la he oído contar a alguien, pero se trata de una leyenda extraña y peregrina. Para empezar, no se distingue por su claridad. Hace mil años un monje vestido de negro caminaba por un desierto en algún lugar de Siria o de Arabia... A varias millas de ese paraje, unos pescadores vieron a otro monje negro, que avanzaba con pasos lentos por la superficie del lago. Ese segundo monje era un espejismo. Olvide ahora todas las leyes de la óptica, que por lo visto la leyenda no tiene en cuenta, y escuche la continuación. El espejismo dio origen a otro espejismo, éste a un tercero, de tal modo que la imagen del monje negro se transmitió hasta el infinito desde una zona de la atmósfera a otra. Lo vieron en África, en España, en la India y en las regiones más septentrionales... Por último, salió de los límites de la atmósfera terrestre y ahora vaga por todo el universo, sin encontrar nunca las condiciones que le permitirían desaparecer. Quizá en estos momentos sea visible en Marte o en alguna estrella de la Cruz del Sur. Pero, querida, la esencia, la clave de la leyenda consiste en que, mil años después de que el monje caminara por el desierto, el espejismo volverá a la atmósfera terrestre y se mostrará a los hombres. Y al parecer, esos mil años están a punto de expirar... Según la leyenda, debemos esperar la llegada del monje negro un día u otro.

—Extraño espejismo —dijo Tania, a la que no le había gustado la leyenda.

—Pero lo más sorprendente de todo —añadió Kovrin, echándose a reír— es que no soy capaz de recordar cómo me ha venido a la cabeza. ¿La he leído? ¿Se la he oído contar a alguien? O, quizá, ¿he soñado con ese monje negro? Le juro que no lo recuerdo. Pero la leyenda me obsesiona. He estado pensando en ella todo el día.

Tras dejar a Tania con sus invitados, salió de la casa e, imbuido en sus propios pensamientos, se puso a pasear junto a los macizos. Había empezado a ponerse el sol. Las flores, recién regadas, exhalaban un olor húmedo e irritante. En la casa se reanudaron los cantos y en la lejanía el violín se percibía como una voz humana. Kovrin, tratando de recordar dónde había escuchado o leído esa leyenda, se dirigió a paso lento al parque y, sin darse cuenta, llegó a la orilla del río.

Por un sendero que discurría a lo largo de la escarpada orilla, junto a las raíces a flor de tierra, bajó hasta el borde del agua, turbando el reposo de los chorlitos y asustando a una pareja de patos. En distintos puntos de los sombríos pinos se reflejaban aún los rayos del sol poniente, pero la superficie del río estaba ya en sombras. Kovrin pasó a la otra orilla por una pasarela. Ante él se extendía ahora un vasto campo cubierto de centeno joven, aún sin florecer. En lontananza no se veía ni un alma ni una vivienda; parecía como si ese sendero condujera al misterioso y desconocido lugar donde acababa de ponerse el sol y donde llameaba, en toda su amplitud y majestad, el crepúsculo.

«¡Qué extensión, qué libertad, qué sosiego! —pensaba Kovrin, avanzando por el sendero—. Se diría que todo el universo, agazapado, me estuviera mirando, esperando a que lo entienda...».

Pero el centeno empezó a mecerse y una ligera brisa vespertina acarició su cabeza desnuda. Al cabo de un minuto se levantó una nueva ráfaga de viento, esta vez más fuerte; el centeno susurró y detrás de él se oyó el sordo murmullo de los pinos. Kovrin se detuvo estupefacto. En el horizonte, como un torbellino o un ciclón, se alzó de la tierra hasta el cielo una alta columna negra. Los contornos eran imprecisos, pero desde el primer momento pudo advertirse que se desplazaba a una velocidad pavorosa, que se dirigía directamente hacia Kovrin y que, cuanto más se acercaba, más pequeña y precisa se volvía. Kovrin apenas tuvo tiempo de echarse a un lado, metiéndose en el centeno, para despejarle el camino...

Un monje vestido de negro, con los cabellos grises, las cejas negras y las manos cruzadas sobre el pecho, pasó a su lado... Sus pies desnudos no rozaban la tierra. Tras recorrer unos seis metros, se volvió hacia Kovrin, inclinó la cabeza y le dirigió una sonrisa a la vez afectuosa y astuta. ¡Qué rostro tan pálido, tan terriblemente pálido y delgado! De nuevo empezó a crecer, pasó por encima del río, alcanzó sin ruido la orilla arcillosa y los pinos, los atravesó, y desapareció como si fuera humo.

—Bueno, ya lo ven... —murmuró Kovrin—. Lo que dice la leyenda es cierto.

Sin tratar de explicarse la extraña aparición, satisfecho de haber visto tan de cerca y con tanta nitidez no solo los ropajes negros, sino también el rostro y los ojos del monje, presa de una alegre agitación, regresó a la casa.

En el parque y en el jardín algunas personas iban y venían tranquilamente, en la casa tocaban música; eso quería decir que solo él había visto al monje. Ardía en deseos de contárselo todo a Tania y a Yegor Semiónich, pero comprendía que ambos tomarían sus palabras como una suerte de delirio y se asustarían; más valía callar. Se rió a carcajadas, cantó, bailó la mazurca, se mostró alegre; y tanto Tania como los invitados advirtieron que ese día su rostro tenía una expresión especial, radiante e inspirada, y lo encontraron encantador.

III

Después de la cena, cuando los invitados se marcharon, Kovrin se dirigió a su habitación y se tumbó en el sofá: quería pensar en el monje. Pero al cabo de un minuto entró Tania.

—Tenga, Andriusha, lea los artículos de mi padre —dijo, entregándole un paquete con folletos y galeradas—. Son unos artículos excelentes. Escribe muy bien.

—¡Ah, estupendo! —dijo Yegor Semiónich, entrando tras ella y esbozando una sonrisa forzada: se sentía turbado—. ¡No le hagas caso, por favor, no los leas! Solo te los recomiendo en caso de que quieras dormir: son un soporífero excelente.

—En mi opinión son unos artículos magníficos —dijo Tania, con profundo convencimiento—. Léalos, Andriusha, y convenza a mi padre de que escriba más a menudo. Podría componer un curso completo de horticultura.

Yegor Semiónich estalló en una risa forzada, se sonrojó y pronunció esas frases a las que suelen recurrir los autores confundidos. Por último, se dio por vencido.

—En ese caso, lee primero el artículo de Gaucher y esos breves artículos rusos —balbució, revolviendo los folletos con manos temblorosas—; de otro modo, no comprenderás nada. Antes de leer mis alegaciones, hay que saber lo que estoy impugnando. En cualquier caso, no son más que bobadas... Un aburrimiento. Además, me parece que es hora de irse a la cama.

Tania salió. Yegor Semiónich se sentó en el sofá, al lado de Kovrin, y lanzó un profundo suspiro.

—Sí, amigo... —comentó al cabo de un rato—. Así es, mi querido doctor. Escribo artículos, tomo parte en exposiciones, recibo medallas... Pesotski, dicen, recoge manzanas del tamaño de una cabeza; ha hecho una fortuna con el huerto... En una palabra, rico y glorioso es Kochubei. Pero te preguntarás: ¿para qué vale todo esto? No cabe duda de que el jardín es muy hermoso, un modelo en su género... Más que un jardín es una institución de alta importancia para el Estado, porque, en cierto modo, constituye un paso hacia una nueva era de la agricultura y la producción rusas. Pero ¿cuál es su objetivo, su finalidad?

—El asunto habla por sí mismo.

—No lo digo en ese sentido. Lo que me pregunto es qué sucederá con el huerto cuando yo muera. Si yo falto, no conservará la forma en que lo ves ahora ni un mes. El secreto del éxito no reside en su gran tamaño ni en los numerosos obreros que se ocupan de él, sino en el cariño con que desempeño mis tareas, ¿comprendes? Creo que lo amo más que a mí mismo. Mírame: soy yo quien lo hace todo. Trabajo de la mañana a la noche. Yo mismo hago todos los injertos, la poda, las plantaciones, todo. Cuando me ayudan, siento celos y me enfado hasta volverme grosero. Todo el secreto reside en el amor, es decir, en la mirada vigilante del amo, en las manos del amo; si voy de visita a algún sitio, al cabo de una hora mi corazón se altera y se acongoja: tengo miedo de que le suceda algo al jardín. Cuando yo muera, ¿quién lo cuidará? ¿Quién se ocupará de las tareas? ¿El capataz? ¿Los trabajadores? ¿Eh? Fíjate en lo que te digo, querido amigo: en nuestra labor el principal enemigo no es la liebre, ni el abejorro, ni la helada, sino la mano extraña.

—¿Y Tania? —preguntó Kovrin en medio de las risas—. No es posible que sea más perjudicial que una liebre. Le gusta el trabajo y lo entiende...

—Sí, le gusta y lo entiende. Si, después de mi muerte, se queda con el jardín y se ocupa de él, no se puede desear nada mejor. Pero ¿y si se casa?, Dios no lo quiera —murmuró Yegor Semiónich, mirando con temor a Kovrin—. ¡Ese es el problema! Se casará, tendrá hijos y ya no pensará en el jardín. Lo que más temo es que se case con un hombre ávido de dinero que arriende el jardín a los mercaderes. ¡Todo se iría al diablo el primer año! ¡En nuestro oficio las mujeres son el flagelo de Dios!

Yegor Semiónich suspiró y guardó silencio durante un rato.

—Es posible que sea egoísmo, pero te lo diré francamente: no quiero que Tania se case. ¡Me da miedo! Ahora viene por aquí un pisaverde que rasca el violín; sé que Tania no se casará con él, lo sé muy bien, ¡pero no puedo verlo! En gene-

ral, amigo, soy bastante raro. Lo reconoz-
co.

Yegor Semiónich se levantó y se puso a pasear muy agitado por la habitación;
parecía evidente que quería decir algo
muy importante, pero no se decidía.

—Te tengo un enorme cariño y voy
a hablarte con total franqueza —dijo por
fin, metiéndose las manos en los bolsi-
llos—. Ciertas cuestiones delicadas prefie-
ro abordarlas con sencillez y sin tapujos;
no puedo soportar los llamados pensamientos ocultos. Te lo diré claramente:
eres la única persona con la que no me
asustaría que se casara mi hija. Eres un
hombre inteligente, de gran corazón y no
dejarías que mi querida obra se perdiera.
Pero la razón principal es que te quiero
como a un hijo... y estoy orgulloso de ti.

Si entre Tania y tú llegara a surgir una historia de amor, me sentiría muy contento y hasta feliz. Te lo digo con total franqueza, sin rodeos, como un hombre honrado.

Kovrin se echó a reír. Yegor Semiónich abrió la puerta para salir, pero se detuvo en el umbral.

—Si Tania y tú tuvierais un hijo, haría de él un horticultor —dijo, con aire pensativo—. No obstante, todo esto no es más que una quimera... Buenas noches.

Cuando se quedó solo, Kovrin se acomodó mejor y se puso a leer los artículos. Uno de ellos llevaba el siguiente encabezamiento: «Sobre los cultivos intermedios»; otro: «Algunas palabras sobre las observaciones de Z relativas a la preparación del suelo para un nuevo jardín»;

un tercero: «Más razones sobre el injerto de yemas inactivas», y todo por el estilo. Pero ¡qué tono tan inquieto y desigual, qué fervor tan impetuoso, casi enfermizo! Había, por ejemplo, un artículo con un título inofensivo y un tema intrascendente, la manzana rusa de san Antonio. Pero Yegor Semiónich empezaba con las palabras *audiatur altera pars* y terminaba con *sapienti sat*, entre esas dos sentencias corría un torrente de cáusticas palabras dirigidas contra la «ignorante sabiduría de nuestros horticultores patentados que contemplan la naturaleza desde lo alto de sus cátedras» o contra el señor Gaucher, «que debe su éxito a los profanos y a los diletantes»; a continuación, sin venir a cuento, lamentaba con palabras poco sinceras y afectadas que ya no se pudiera azotar a los campesinos que robaban la fruta y destrozaban los árboles.

«Es un oficio bonito, agradable y sano, pero que comporta sus pasiones y sus guerras —pensó Kovrin—. Por lo visto, en todas partes y en todas las profesiones las personas con ideas son nerviosas y se distinguen por una sensibilidad exacerbada. Probablemente, así debe ser».

Se acordó de Tania, a la que tanto gustaban los artículos de Yegor Semiónich. Era de baja estatura, pálida y tan delgada que se le veían las clavículas; sus ojos, muy abiertos, oscuros e inteligentes, miraban no se sabía dónde y buscaban no se sabía qué; caminaba como su padre, con pasos menudos y apresurados. Hablaba mucho, le gustaba discutir, acompañando la frase más insignificante de expresivos gestos y ademanes. Debía de ser extremadamente nerviosa.

Kovrin siguió leyendo, pero no entendía nada y lo dejó. La agradable agitación con la que poco antes había bailado la mazurca y escuchado música, ahora le atormentaba y despertaba en él multitud de pensamientos. Se levantó y empezó a caminar por la habitación, pensando en el monje negro. Se le ocurrió que si solo él había visto ese monje negro y sobrenatural, significaba que estaba enfermo y sufría alucinaciones. Esa idea le asustó, pero no por mucho tiempo.

«Yo me encuentro bien y no hago mal a nadie; por tanto, mis alucinaciones no son perniciosas», pensó, recobrando el buen ánimo.

Se sentó en el sofá y se cogió la cabeza con las manos, conteniendo una alegría incomprensible que anegó todo su ser; recorrió de nuevo la habitación y se puso a trabajar. Pero los pensamientos que encontraba en el libro no le satisfacían. Necesitaba algo enorme, inmenso, impactante. Al amanecer se desvistió y, sin ganas, se metió en la cama: ¡había que dormir!

Cuando se oyeron los pasos de Yegor Semiónich, que se dirigía al jardín, Kovrin llamó y pidió al criado que le trajera vino. Bebió con gusto varias copas de Lafite y a continuación se tapó con las sábanas; su conciencia se cubrió de brumas y se quedó dormido.

 АНТОН ПАВЛОВИЧ

ЧЕХОВ

ВИШНЕВЫЙ САД

Книги, изменившие мир.
Писатели, объединившие
поколения.

р у с с к а я   к л а с с и к а

IV

Yegor Semiónich y Tania reñían con frecuencia y se decían cosas desagradables.

Una mañana tuvieron una discusión. Tania se echó a llorar y se marchó a su habitación. No salió a comer ni a tomar el té. En un principio Yegor Semiónich iba y venía con expresión altanera y orgullosa, como dando a entender que para él los intereses de la justicia y del orden estaban por encima de todo, pero pronto perdió su presencia de ánimo y se desanimó. Vagaba con aire triste por el parque, sin dejar de suspirar: «¡Ah, Dios mío, Dios mío!», y durante el almuerzo no probó bocado. Por último, sintiéndose culpable y remordiéndole la conciencia, llamó a la puerta cenada y dijo con timidez:

—¡Tania! ¿Tania?

En respuesta escuchó del otro lado una voz débil, agotada por las lágrimas, pero al mismo tiempo decidida.

—Déjeme, se lo pido por favor.

El abatimiento de los anfitriones se comunicó a toda la casa, incluso a las personas que trabajaban en el jardín. Kovrin estaba absorto en su interesante trabajo, pero al final también él se sintió incómodo y molesto. Tratando de disipar de algún modo ese mal humor general, decidió intervenir y, al atardecer, llamó a la puerta de Tania. Ella le abrió.

—¡Ay, ay, qué vergüenza! —empezó con tono burlón, viendo con asombro el rostro lloroso, afligido y cubierto de manchas rojas de Tania—. ¿Es algo tan grave? ¡Ay, ay!

—¡Si supiera cómo me atormenta! —dijo ella y sus grandes ojos se llenaron de abundantes y ardientes lágrimas—. ¡No puedo más! —continuó, retorciéndose las manos—. No le he dicho nada... Solo le comenté que no había necesidad de mantener... trabajadores inútiles si... si se puede encontrar jornaleros cuando sea preciso. Porque... porque los trabajadores llevan ya una semana sin hacer nada... Solo le he dicho eso y se ha puesto a gritarme y me ha dicho... muchas cosas insultantes, profundamente ofensivas. ¿Por qué?

—Basta, basta —dijo Kovrin, arreglando su peinado—. Ha habido una discusión, ha habido lágrimas y ahora se acabó. No es bueno ser tan rencorosa... sobre todo cuando su padre la quiere con locura.

—Ha arruinado... mi vida —continuó Tania, sollozando—. Solo recibo ofensas y... vejaciones. Me considera una persona superflua en la casa. ¿Y qué? Tiene razón. Mañana mismo me marcho de aquí, me haré telegrafista... Sí...

—Vamos, vamos... No hay que llorar, Tania. Déjelo ya, querida... Los dos son de genio vivo, irritables, y los dos tienen la culpa. Venga, yo les reconciliaré.

Kovrin hablaba con voz dulce y persuasiva, mientras ella seguía llorando, con los hombros temblorosos y las manos apretadas, como si en verdad le hubiera acaecido una terrible desgracia. La compadecía sobre todo porque su pena no era importante y, sin embargo, sufría muchísimo. ¡Qué naderías bastaban para hacerla desdichada durante toda una jornada e incluso durante toda la vida! Mientras trataba de consolarla, Kovrin pensaba que no podría encontrar en todo el mundo personas como esa muchacha y su padre, que le querían como si fuera un pariente, uno más de la familia; al haber perdido a su padre y a su madre en la más tierna infancia, de no haber sido por esas dos personas, probablemente nunca habría sabido lo que era una caricia sincera ni ese amor ingenuo y espontáneo que solo se siente por personas muy próximas, de la misma sangre. Se daba cuenta de que sus nervios medio enfermos y destrozados respondían, como el hierro al imán, a los nervios de esa joven llorosa y temblorosa. Nunca habría podido amar a una mujer sana, fuerte, de mejillas sonrosadas, pero le gustaba la pálida, débil y desdichada Tania.

Y le acariciaba con placer los cabellos y los hombros, le cogía las manos y le secaba las lágrimas... Al cabo ella dejó de llorar. Siguió quejándose durante un rato de su padre, de la penosa e insoportable vida que llevaba en esa casa, suplicando a Kovrin que se pusiera en su lugar; luego, poco a poco empezó a sonreír y a decir entre suspiros que Dios le había dado un mal carácter y al final estalló en ruidosas carcajadas, se llamó tonta y salió corriendo de la habitación.

Cuando, poco después, Kovrin salió al jardín, Yegor Semiónich y Tania paseaban juntos por la alameda, como si no hubiera sucedido nada, comiendo pan de centeno con sal, pues ambos estaban hambrientos.

Caricatura de Chéjov, obra de Joan Miró

La imagen es así, no una de mala calidad puesta por
la editorial. Autor: V. D. Bubnova. 1946

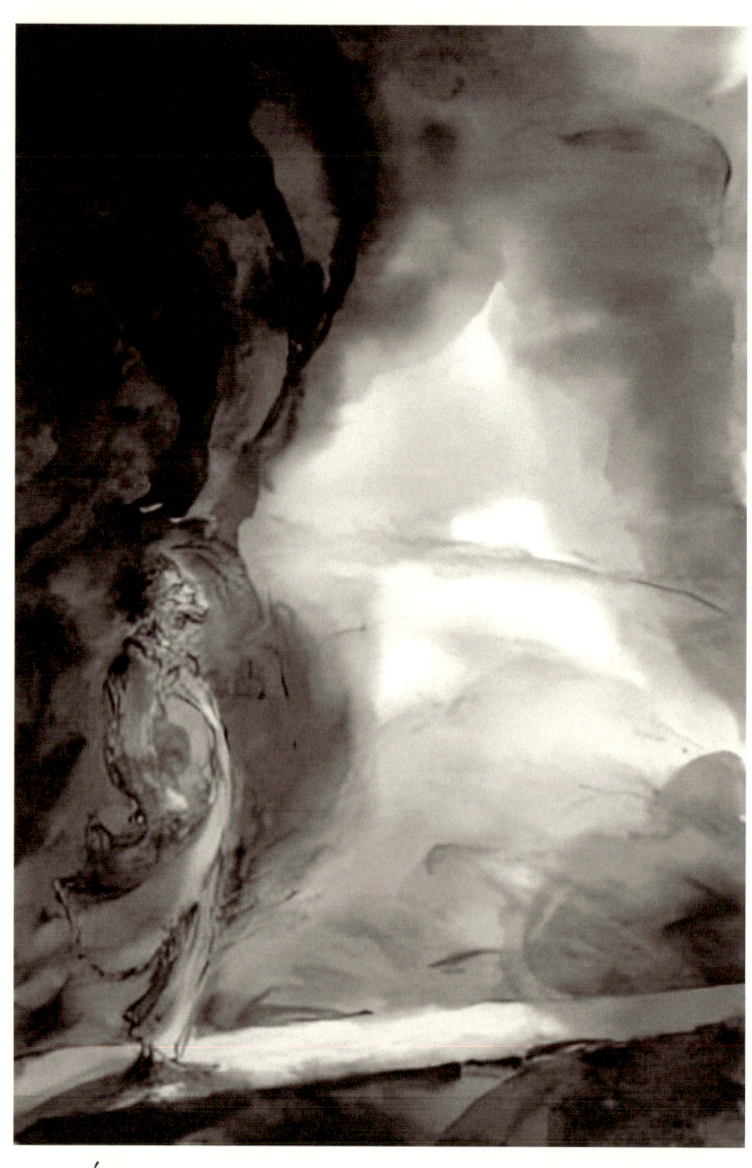

Ídem anterior. Autor: V. D. Bubnova. 1946

V

Satisfecho de haber desempeñado
con tanto éxito el papel de mediador,
Kovrin se dirigió al parque. Se sentó en
un banco, sumido en sus propias reflexio-
nes, y de pronto oyó un rumor de coches
y risas de mujer: llegaban visitantes.
Cuando las sombras del atardecer empezaron a extenderse por el jardín, percibió
el sonido indistinto de un violín y voces
que cantaban, lo que le hizo acordarse del
monje negro. ¿Dónde, en qué país o planeta se hallaba ahora esa incongruencia
óptica?

Apenas había tenido tiempo de recordar la leyenda y representarse en la

imaginación la oscura aparición que había visto en el campo de centeno, cuando desde detrás de los pinos, enfrente de él, surgió sin ruido, sin el menor rumor, un hombre de talla mediana y cabellos grises sin cubrir, todo vestido de negro y descalzo, semejante a un mendigo; en su rostro pálido, parecido al de un muerto, destacaban con fuerza unas cejas negras. Con un gesto amistoso de la cabeza, ese pordiosero o peregrino se acercó en silencio al banco y se sentó; Kovrin reconoció en él al monje negro. Estuvieron mirándose durante un par de minutos; Kovrin se mostraba sorprendido; el monje, como la víspera, tenía una expresión dulce, cierto aire de astucia y parecía cavilar.

—Pero eres un espejismo —dijo Kovrin—. ¿Qué haces aquí, parado en un mismo lugar? Esto no se corresponde con la leyenda.

—No importa —respondió el monje en voz baja, al cabo de un rato, volviéndose hacia él—. La leyenda, el espejismo y yo no somos más que una creación de tu imaginación alterada. Soy un espectro.

—¿Significa eso que no existes? —preguntó Kovrin.

—Piensa lo que quieras —dijo el monje con una imperceptible sonrisa—. Existo en tu imaginación y tu imaginación es una parte de la naturaleza, por tanto, existo en la naturaleza.

—Tienes una cara muy vieja, inteligente y de lo más expresiva, como si en realidad hubieras vivido más de mil años —dijo Kovrin—. No sabía que mi imaginación fuera capaz de crear tales fenómenos. Pero ¿por qué me miras con semejante entusiasmo? ¿Te gusto?

—Sí. Eres de los pocos a los que en justicia se puede llamar elegidos de Dios. Sirves a la verdad eterna. Tus pensamientos, tus aspiraciones, tu sorprendente saber y toda tu vida llevan una marca divina, celeste, ya que están consagrados a la razón y a la belleza, es decir, a lo que es eterno.

—Has pronunciado la expresión «verdad eterna». Pero ¿acaso la verdad eterna es accesible y necesaria a los hombres si no hay vida eterna?

—Hay vida eterna —dijo el monje.

—¿Crees en la inmortalidad del hombre?

—Sí, claro. A los hombres os espera un porvenir magnífico y brillante. Y cuantas más personas como tú haya en el mundo, más pronto se verificará ese porvenir. Sin vosotros, servidores del principio supremo, que lleváis una vida consciente y libre, la humanidad no sería nada; si se desarrolla siguiendo el orden natural, tendrá que esperar durante mucho tiempo el final de su historia terrestre. Vosotros adelantáis en varios milenios su ingreso en el reino de la verdad eterna —en eso consiste vuestra elevada tarea—. Vosotros encarnáis la bendición que Dios ha derramado sobre los hombres.

—¿Y cuál es el fin de la vida eterna? —preguntó Kovrin.

—Como el de toda vida: el placer. El verdadero placer consiste en el conocimiento y la vida eterna ofrece fuentes de conocimiento incontables e inagotables; por eso se dice: «En la casa de mi Padre hay muchas moradas».

—¡Si supieras lo agradable que me resulta escucharte! —dijo Kovrin, frotándose las manos de satisfacción.

—Me alegro mucho.

—Pero sé que cuando desaparezcas, me atormentará la cuestión de tu realidad. Eres un espectro, una alucinación. ¿Significa eso que padezco una enfermedad, una anormalidad psíquica?

—¿Y qué más da? ¿Por qué preocuparse? Estás enfermo porque has trabajado por encima de tus fuerzas y estás agotado; es decir, has sacrificado tu salud a una idea y se acerca el tiempo en que le entregarás tu propia vida. ¿Qué más se puede pedir? A eso tienden, por lo general, todas las naturalezas nobles, favorecidas por el cielo.

—¿Cómo puedo creer en mí cuando sé que tengo una enfermedad psíquica?

—¿Y cómo sabes que los genios que reverencia todo el mundo no han visto también espectros? Los sabios dicen ahora que la genialidad raya con la locura. Amigo, solo las personas corrientes y ordinarias son sanas y normales. El nerviosismo del siglo, el agotamiento y la degeneración solo pueden afectar seriamente a quienes sitúan el fin de su vida en el presente, es decir, a la gente del montón.

—Los romanos decían: mens sana in corpore sano.

—No todo lo que decían los romanos y los griegos es verdad. La inspiración, el entusiasmo, el éxtasis, todo lo que distingue a los profetas, a los poetas y a los mártires de una idea de la gente común, se opone al lado animal del hombre, es decir, a su salud física. Te lo repito: si quieres ser sano y normal, debes ser uno más del montón.

—Es extraño que repitas ideas que yo mismo he tenido a menudo —dijo Kovrin—. Es como si hubieras visto y oído mis más secretos pensamientos. Pero dejemos de hablar de mí. ¿Qué entiendes por verdad eterna?

El monje no respondió. Kovrin le miró y no distinguió su rostro: sus rasgos se volvieron borrosos y se esfumaron. Luego su cabeza y sus manos se desvanecieron; su cuerpo se fundió con el banco y las sombras del atardecer, y toda su figura desapareció.

—¡La alucinación ha terminado! —dijo Kovrin, echándose a reír—. ¡Qué pena!

Regresó a la casa alegre y feliz. Lo poco que le había dicho el monje negro halagaba no solo su amor propio, sino toda su alma, todo su ser. Contarse entre los elegidos, servir a la verdad eterna, estar entre aquellos que adelantaban en miles de años la entrada de la humanidad en el reino de Dios, es decir, que la liberaban de varios miles de años de luchas, pecados y sufrimientos, sacrificarlo todo a una idea —la juventud, las fuerzas, la salud— y estar dispuesto a morir por el bien común: ¡qué destino tan excelso y dichoso! Repasó su pasado, su vida pura, casta, laboriosa, recordó lo que él mismo había aprendido y lo que había enseñado a los otros y llegó a la conclusión de que no había exageración en las palabras del monje.

Tania venía a su encuentro, atravesando el parque. Se había cambiado de vestido.

—¿Está usted aquí? —dijo—. Le hemos buscado por todas partes... Pero ¿qué le pasa? —exclamó sorprendida, mirando su rostro radiante y sus ojos llenos de lágrimas—. ¡Qué extraño es usted, Andriusha!

—Estoy contento, Tania —dijo Kovrin, poniéndole las manos en los hombros—. ¡Más que contento, estoy feliz! Tania, mi querida Tania, ¡estoy contento, muy contento!

Le besó apasionadamente las manos y continuó:

—Acabo de vivir unos instantes luminosos, maravillosos, sobrenaturales. Pero no puedo contárselo todo porque me consideraría loco o no me creería. Hablemos de usted. ¡Querida, adorable Tania! La amo y me he acostumbrado a amarla. Su proximidad, nuestras decenas de encuentros diarios se han convertido en una necesidad para mi alma. No sé cómo voy a pasarme sin usted cuando me vaya de aquí.

—¡Bah! —exclamó Tania, echándose a reír—. Al cabo de dos días nos habrá olvidado. Nosotros somos gente corriente y usted es un gran hombre.

—¡No, hablemos en serio! —dijo él—. La llevaré conmigo, Tania. ¿Está de acuerdo? ¿Vendrá conmigo? ¿Quiere ser mía?

—¡Vaya! —dijo Tania y de nuevo trató de reír, pero no pudo; su rostro se cubrió de manchas rojas.

Con la respiración acelerada, se alejó a grandes pasos, pero no en dirección a la casa, sino hacia el fondo del parque.

—No he pensado en eso... de verdad que no —dijo, retorciéndose las manos como con desesperación.

Kovrin, con expresión radiante y arrebatada, fue tras ella, diciéndole:

—Quiero un amor que me cautive por entero y ese amor, Tania, solo tú puedes ofrecérmelo. ¡Soy feliz! ¡Feliz!

Ella estaba aturdida, encorvada, en-

cogida, como si de pronto hubiera envejecido diez años, pero él la encontraba
atractiva y proclamaba en voz alta su entusiasmo:

—¡Qué hermosa eres!

Ídem anteriores. Autor: V. D. Bubnova. 1946

Ídem anteriores. Autor: V. D. Bubnova. 1946

VI

Tras enterarse por boca de Kovrin de que no solo se había producido una historia de amor, sino de que también habría boda, Yegor Semiónich pasó largo rato dando vueltas de un rincón a otro, tratando de ocultar su agitación. Sus manos empezaron a temblar, su cuello se hinchó y se cubrió de púrpura; pidió que le prepararan el coche y se marchó a algún sitio. Cuando Tania vio cómo azotaba a su caballo y se hundía el gorro casi hasta las orejas, adivinó su estado de ánimo, se encerró en su habitación y pasó llorando todo el día.

En los invernaderos habían madurado ya los melocotones y las ciruelas; el

87

embalaje y expedición a Moscú de esa carga delicada y caprichosa exigía grandes atenciones, trabajo y cuidados. Debido a lo caluroso y seco del verano, habían tenido que regar cada árbol, lo que había llevado mucho tiempo y ocupado a muchos trabajadores; luego habían aparecido multitud de orugas que tanto los obreros como Yegor Semiónich y Tania aplastaban directamente con los dedos, con gran repugnancia de Kovrin. Además, había que encargar ya las frutas y árboles para el otoño y atender a una copiosa correspondencia. Y en el momento de mayor ajetreo, cuando nadie parecía tener un solo minuto libre, empezaron las labores del campo, que dejaron el huerto con menos de la mitad de sus trabajadores; Yegor Semiónich, con la piel muy atezada, extenuado, malhumorado, galopaba del huerto a los campos, gritando que estaba destrozado y que se pegaría un tiro en la frente.

A todo eso hay que añadir las gestiones de la dote, a la que los Pesotski concedían no poca importancia; el rumor de las tijeras, el ruido de las máquinas de coser, el tufo de las planchas y los caprichos de la modista, mujer nerviosa y susceptible, hacían que a todos los habitantes de la casa les diera vueltas la cabeza. Y, como hecho a propósito, cada día venían visitas a las que había que entretener, alimentar e incluso procurar alojamiento para pasar la noche. Pero todos esos esfuerzos pasaron inadvertidos, como envueltos en niebla. Tania tenía la impresión de que el amor y la felicidad le habían llegado de improviso, aunque desde los catorce años estaba convencida, sin saber bien por qué, de que Kovrin se casaría con ella. Se sorprendía, dudaba y no se lo creía... Tan pronto la dominaba tal alegría que sentía deseos de volar hasta las nubes para rezar allí a Dios, como recordaba que en agosto tendría que abandonar el nido paterno, o bien le venía la idea, Dios sabe de dónde, de que era un ser insignificante y ruin, indigno de un hombre tan grande como Kovrin; en tales momentos se retiraba a su habitación, se encerraba con llave y lloraba con amargura varias horas. Cuando tenían invitados le parecía que Kovrin era sumamente atractivo, que todas las mujeres estaban enamoradas de él y la envidiaban; entonces su alma se llenaba de entusiasmo y orgullo, como si hubiera conquistado el mundo entero; pero bastaba que Kovrin dirigiera una sonrisa amable a alguna señorita para que ella temblara de celos, se marchara a su habitación y se echara de nuevo a llorar. Esas nuevas sensaciones la ocupaban por completo; ayudaba a su padre maquinalmente, sin prestar atención a los melocotones ni a las orugas ni a los obreros ni a la rapidez con que pasaba el tiempo.

Yegor Semiónich estaba casi en el mismo estado. Trabajaba de la mañana a la noche, siempre se dirigía con prisas a algún sitio, se salía de sus casillas, se irritaba, pero todo ello como en medio de un sueño encantado. Parecía como si hubiera en él dos hombres distintos: uno, el verdadero Yegor Semiónich que, al escuchar cómo el jardinero Iván Kárlich le informaba de algún desorden, se encolerizaba y se arrancaba los cabellos de desesperación; otro, un falso Yegor Semiónich, que parecía medio borracho e interrumpía de pronto una conversación de negocios para darle unas palmadas en el hombro al jardinero y balbucir:

—Dígase lo que se quiera, la sangre significa mucho. La madre de Kovrin era una mujer extraordinaria, nobilísima y de lo más inteligente. Daba gusto contemplar su rostro bondadoso, sereno y puro como el de un ángel. Dibujaba de maravilla, escribía versos, hablaba cinco idiomas, cantaba... La pobre, que Dios la tenga en su gloria, murió de tisis —el falso Yegor Semiónich suspiraba y, tras una pausa, añadía—: Cuando Kovrin era pequeño y se criaba en mi casa, tenía el mismo rostro angelical, sereno y bondadoso. Su mirada, sus ademanes y su conversación eran delicados y distinguidos, como los de su madre. ¿Y su inteligencia? Nos dejaba estupefactos. ¡Por algo es doctor! ¡Ya lo creo! ¡Espera un poco, Iván Kárlich, y ya verás en lo que se convertirá dentro de diez años! ¡No habrá quien lo alcance!

Pero de pronto el verdadero Yegor Semiónich, volviendo en sí, adoptaba una expresión terrible, se arrancaba los cabellos y gritaba:

—¡Demonios! ¡Qué profanación, qué infamia, qué abominación! ¡El jardín está destruido! ¡El jardín está destrozado!

Kovrin, por su parte, trabajaba con el mismo tesón, sin reparar en todo ese ajetreo. El amor había añadido más leña al fuego. Después de cada entrevista con Tania, se dirigía a su habitación, feliz, arrobado, y con el mismo apasionamiento con que un instante antes besaba a la joven y le confesaba su amor, se lanzaba sobre el libro o retomaba su manuscrito. Todo lo que le había dicho el monje negro sobre los elegidos de Dios, la verdad eterna, el brillante porvenir de la humanidad, etcétera, daba a su trabajo un significado particular y extraordinario y llenaba su alma de orgullo y de la conciencia de su propio valor. Una o dos veces por semana, en el parque o en la casa, se encontraba con el monje negro y conversaba largo rato con él; esos encuentros, lejos de asustarle, le entusiasmaban, pues estaba firmemente convencido de que tales apariciones solo visitaban a las personas elegidas y excepcionales que se consagraban al servicio de un ideal.

Un día el monje apareció durante el almuerzo y se sentó cerca de la ventana del comedor. Kovrin se alegró y con total naturalidad inició una conversación con Yegor Semiónich y Tania sobre un tema que pudiera interesar al monje; el huésped negro escuchaba y movía la cabeza con aire amable, mientras Yegor Semiónich y Tania también escuchaban y sonreían alegremente, sin sospechar que Kovrin no hablaba con ellos, sino con su propia alucinación.

La cuaresma de la Asunción llegó sin que nadie se diera cuenta y poco después, el día de la boda que, por expreso deseo de Yegor Semiónich, se celebró «a lo grande», es decir, con una fiesta tumultuosa que duró dos jornadas. Comieron y bebieron por valor de unos tres mil rublos, pero la pésima orquesta, los ruidosos brindis, el trajín de los criados, el barullo y las estrecheces no permitieron apreciar los vinos caros y los extraordinarios aperitivos, encargados en Moscú.

Autor: G. K. Savitsky. 1908

VII

Una larga noche de invierno Kovrin estaba tumbado en la cama, leyendo una novela francesa. La pobre Tania que, poco habituada a la vida de la ciudad, padecía dolor de cabeza cada tarde, llevaba ya un buen rato durmiendo y de vez en cuando pronunciaba en sueños algunas frases incoherentes.

Dieron las tres. Kovrin apagó la vela y se acostó; pasó mucho tiempo con los ojos cerrados, pero no pudo dormirse, según pensaba por el calor que reinaba en la habitación y por el delirio de Tania. A las cuatro y media volvió a encender la vela y en ese momento vio al monje negro, sentado en un sillón próximo a la cama.

—Hola —dijo el monje y, al cabo de una pausa, preguntó—: ¿En qué estás pensando?

—En la gloria —respondió Kovrin—. En la novela francesa que estaba leyendo aparece un joven sabio que comete tonterías y al que el ansia de gloria le consume. Ese sentimiento me resulta incomprensible.

—Porque tú eres inteligente. Contemplas la gloria con indiferencia, como un juguete que no te interesa.

—Sí, es verdad.

—La celebridad no te tienta. ¿Qué hay de halagador, divertido o instructivo en que graben tu nombre en un monumento funerario para que luego el tiempo roa esa inscripción junto con la doradura? Por fortuna, sois demasiado numerosos para que la débil memoria humana pueda retener vuestros nombres.

—Claro —convino Kovrin—. Además, ¿para qué recordarlos? Pero hablemos de otra cosa. Por ejemplo, de la felicidad. ¿Qué es la felicidad?

Cuando dieron las cinco, se sentó en la cama, con los pies colgando y dijo, dirigiéndose al monje:

—En los tiempos antiguos un hombre feliz terminó por asustarse de su propia felicidad —¡tan grande era!— y, para reconciliarse con los dioses, les ofreció en sacrificio su sortija preferida. ¿Lo sabías? Yo, como Polícrates, empiezo a asustarme un poco de mi felicidad. Me parece extraño que de la mañana a la noche me domine la alegría, que esta anegue todo mi ser y apague todos mis demás sentimientos. Desconozco la pena, la tristeza o el aburrimiento. No duermo, paso las noches en blanco, pero no me aburro. Te lo digo en serio: empiezo a desconfiar.

—Pero ¿por qué? —se sorprendió el monje—. ¿Acaso la alegría es un sentimiento sobrenatural? ¿Es que no debe ser el estado normal de una persona? Cuanto más elevado es el desarrollo intelectual y moral de un hombre, más libre es y más satisfacciones le procura la vida. Sócrates, Diógenes y Marco Aurelio se sentían alegres, no tristes. Y el apóstol dice: «Estad siempre alegres». Alégrate y sé feliz.

—¿Y si de pronto los dioses se encolerizan? —dijo Kovrin en tono de broma, echándose a reír—. Si me quitaran las comodidades y me obligaran a pasar frío y hambre, no creo que me sintiera muy satisfecho.

Entre tanto Tania se despertó y se quedó mirando a su marido con sorpresa y temor. Éste hablaba dirigiéndose al sillón, gesticulaba y se reía: sus ojos brillaban y en su sonrisa había algo extraño.

—Andriusha, ¿con quién hablas? —preguntó, cogiéndole la mano, extendida hacia el monje—. ¡Andriusha! ¿Con quién?

—¿Eh? ¿Con quién? —dijo Kovrin, turbado—. Pues con él... Está ahí sentado —dijo, señalando al monje negro.

—Allí no hay nadie... ¡Nadie! ¡Andriusha, estás enfermo! —Tania abrazó a su marido, se apretó contra él, como protegiéndole de las apariciones, y le tapó los ojos con la mano—. ¡Estás enfermo! — exclamó entre sollozos, temblando de pies a cabeza—. Perdóname, querido, amor, pero he advertido hace tiempo que tu alma está trastornada... Tienes alguna enfermedad psíquica, Andriusha...

Su temblor se comunicó también a él. Volvió a mirar el sillón, ya vacío, sintió debilidad en los brazos y en las piernas, se asustó y empezó a vestirse.

—No es nada, Tania, no es nada... —balbució, temblando—. La verdad es que siento cierto malestar... Ya es hora de reconocerlo.

—Yo lo he advertido hace tiempo... y papá también —dijo ella, tratando de reprimir los sollozos—. Hablas solo, sonríes de una forma extraña... no duermes. ¡Ah, Dios mío, Dios mío, sálvanos! —

exclamó aterrorizada—. Pero no temas, Andriusha, no temas, por el amor de Dios, no temas...

También ella empezó a vestirse. Solo ahora, al mirarla, Kovrin comprendió todo el peligro de su situación y lo que significaban el monje negro y sus conversaciones con él. En ese momento se dio cuenta de que estaba loco.

Ambos, sin saber por qué, se vistieron y pasaron al salón: ella iba delante y él detrás. Yegor Semiónich, que estaba de visita en la casa y al que habían despertado los sollozos, se encontraba ya allí, con una bata y una vela en la mano.

—No temas, Andriusha —decía Tania, temblando como si tuviera fiebre—, no temas... Papá, todo esto pasará... todo pasará...

Kovrin no podía hablar, tan agitado estaba. Quiso decir a su suegro con tono burlón: «Felicíteme, me parece que me he vuelto loco», pero solo acertó a mover los labios y esbozar una amarga sonrisa.

A las nueve de la mañana le pusieron un abrigo y una pelliza, lo envolvieron en un chal y lo llevaron en coche a casa del médico. Kovrin empezó a seguir un tratamiento.

VIII

Llegó de nuevo el verano y el médico le prescribió que fuera al campo. Kovrin ya estaba restablecido, había dejado de ver al monje negro y solo le quedaba recobrar el vigor físico. Vivía en casa de su suegro, bebía mucha leche, trabajaba solo dos horas al día, no probaba el vino y no fumaba.

La víspera de san Elías se celebró en la casa un oficio vespertino. Cuando el sacristán entregó el incensario al sacerdote, por el viejo e inmenso salón se expandió un olor a cementerio y Kovrin se sintió triste. Salió al jardín. Sin prestar atención a las magníficas flores, paseó por el lugar, se sentó en un banco y luego dio una vuelta por el parque; al llegar al río, bajó hasta la orilla y se quedó allí pensativo, contemplando las aguas. Los sombríos pinos con raíces de terciopelo, que el año anterior lo habían visto tan joven, alegre y animado, ya no murmuraban y se alzaban inmóviles y mudos, como si no le reconocieran. En realidad, se había afeitado la barba, ya no lucía largos y hermosos cabellos, su paso era inseguro y, en relación con el verano anterior, su rostro se había vuelto más grueso y pálido.

Cruzó a la otra orilla por la pasarela. Allí, donde el año pasado había centeno, se sucedían ahora hileras de avena segada. El sol ya se había puesto y un intenso resplandor rojizo iluminaba el horizonte, presagiando viento para el día siguiente.

Todo estaba en calma. Kovrin se quedó mirando el lugar donde el año anterior el monje negro había aparecido por vez primera y así pasó unos veinte minutos, hasta que la tonalidad del crepúsculo empezó a cubrirse de sombras...

Cuando volvió a la casa, indolente y descontento, el oficio ya había terminado. Yegor Semiónich y Tania, sentados en los peldaños de la terraza, bebían té. Estaban conversando, pero al ver a Kovrin se callaron. Por la expresión de sus rostros, el enfermo dedujo que hablaban de él.

—Me parece que es hora de que tomes la leche —le dijo Tania a su marido.

—No, aún no —respondió éste, sentándose en el peldaño más bajo—. Bébela tú. A mí no me apetece.

Tania intercambió con su padre una mirada llena de inquietud y dijo con voz culpable:

—Sabes que la leche te hace bien.

—¡Sí, mucho bien! —dijo Kovrin entre risas—. Les felicito: desde el viernes he engordado una libra —se apretó con fuerza la cabeza con las manos y comentó con pesar—: ¿Por qué, por qué me curan ustedes? Preparados de bromuro, ociosidad, baños calientes, vigilancia, temores pusilánimes de cada bocado que tomo y cada paso que doy: todo eso acabará por convertirme en un idiota. Había perdido la razón, tenía manía de grandeza, pero al menos me sentía contento, animoso e incluso feliz, era una persona interesante y original. Ahora me he vuelto más razonable y reposado, pero soy como todo el mundo: una medianía, y la vida me aburre... ¡Ah, qué crueles han sido ustedes conmigo! Tenía alucinaciones, pero ¿a quién molestaba? A ustedes se lo pregunto: ¿a quién molestaba?

—¡Dios sabe lo que dices! —suspiró Yegor Semiónich—. Se aburre uno solo de oírte.

—Pues que no me oiga.

La presencia de otras personas, sobre todo de Yegor Semiónich, irritaba a Kovrin; le contestaba con sequedad, frialdad e incluso rudeza y siempre le miraba con ironía y odio; Yegor Semiónich, por su parte, se turbaba y tosía con aire culpable, aunque no sabía de qué podía tener culpa. No entendiendo por qué sus relaciones, antaño amistosas y afables, habían cambiado tanto, Tania se apretaba contra su padre y le miraba con inquietud. Trataba de comprender, pero no podía; lo único que tenía claro era que sus relaciones empeoraban día a día, que en los últimos tiempos su padre había envejecido mucho y que su marido se había vuelto irritable y caprichoso, quisquilloso y anodino. Ya no podía reírse ni cantar, durante el almuerzo no comía nada, pasaba noches enteras sin dormir, esperando algo terrible, y estaba tan extenuada que un día sufrió un desvanecimiento que duró de la mañana a la tarde. Durante el oficio le había parecido que su padre lloraba y, ahora que estaban los tres sentados en la terraza, tenía que hacer un esfuerzo para no pensar en ello.

—¡Por suerte para Buda, Mahoma o

Shakespeare no tuvieron familiares bondadosos y médicos que les curaran de su éxtasis e inspiración! —dijo Kovrin—. Si Mahoma hubiera tomado bromuro de potasio para curar sus nervios, hubiera trabajado solo dos horas al día y hubiera bebido leche, ese hombre notable habría dejado tan poca huella como su perro. Los doctores y los familiares bondadosos terminarán por conseguir que la humanidad se embote, la mediocridad pase por genialidad y la civilización perezca. ¡Si supieran ustedes lo agradecido que les estoy! —añadió con enfado.

Sentía una profunda irritación y, para no decir nada excesivo, se levantó bruscamente y entró en la casa. Todo estaba en silencio y por las ventanas abiertas llegaba del jardín el aroma del tabaco y de los dondiegos. En el suelo de la inmensa sala oscura y en el piano la luz de la luna se reflejaba en forma de manchas verdes. Kovrin recordó las alegrías del verano anterior, cuando el aire también se llenaba del aroma de los dondiegos y la luna brillaba en las ventanas. Tratando de recuperar su humor de antaño, se dirigió con pasos rápidos a su despacho, encendió un grueso cigarro y pidió a un criado que le trajera vino. Pero el cigarro le dejó un sabor amargo y repugnante en la boca y el vino parecía tener otro gusto que el año anterior. ¡Lo que es perder un hábito! En cuanto dio unas caladas al cigarro y bebió un par de tragos de vino, la cabeza empezó a darle vueltas y el corazón se puso a latir con tanta fuerza que se vio obligado a tomar bromuro de potasio.

Antes de irse a la cama Tania le dijo:

—Mi padre te adora. Tú estás enfadado con él por algún motivo y eso le atormenta. Mírale: envejece de día en día, de hora en hora. Te lo suplico, Andriusha, por el amor de Dios, por el amor de tu difunto padre, por mi propia tranquilidad, sé amable con él.

—No puedo y no quiero.

—Pero ¿por qué? —preguntó Tania, y un temblor recorrió todo su cuerpo—. Explícame por qué.

—Porque me resulta antipático, eso es todo —dijo Kovrin con despreocupación, encogiéndose de hombros—. Pero no hablemos de él: es tu padre.

—¡No puedo entenderlo, no puedo! —exclamó Tania, con las manos en las sienes y la mirada fija en un punto—. En nuestra casa pasa algo inconcebible y espantoso. Has cambiado, te has convertido en otra persona... Eres un hombre inteligente y excepcional, pero te irritas por tonterías, te entrometes en discusiones sin importancia... Te agitas por tales fruslerías que uno llega a preguntarse si de verdad eres tú. Bueno, no te enfades, no te enfades —continuó, asustándose de sus propias palabras y besándole las manos—. Eres inteligente, bondadoso, noble. Debes ser justo con mi padre. ¡Es tan bueno!

—Más que bueno, es un buenazo. Esos personajes de vodevil, del tipo de tu padre, con sus rostros bondadosos y saciados, su hospitalidad proverbial y sus chifladuras, antaño me conmovían y me hacían reír en los relatos, en las historietas y en la vida; ahora, en cambio, me repugnan. Son egoístas hasta la médula. Lo que más me asquea es su aspecto cebado y su optimismo visceral, propio de un buey o de un jabalí.

Tania se sentó en la cama y apoyó la cabeza en la almohada.

—Esto es una tortura —dijo, y en su voz se percibía que había llegado al colmo de la fatiga y apenas podía hablar—. Ni un instante de reposo desde el invierno... ¡Esto es terrible, Dios mío! Qué sufrimiento...

—Sí, claro, yo soy Herodes y tu papaíto y tú unos inocentes. ¡Claro!

Su rostro le pareció a Tania feo y desagradable. Esa expresión de odio e ironía no le sentaba bien. Ya antes había advertido que a su cara le faltaba algo, como si hubiese cambiado desde que se cortó el pelo. Quiso decirle algo ofensivo, pero al punto comprendió que se estaba dejando llevar por un sentimiento malsano, se asustó y salió del dormitorio.

121

Théodule-Augustin Ribot: *El monje* (1892)

IX

Kovrin fue nombrado titular de una cátedra. Se colgaron anuncios en los pasillos de la universidad anunciando la lección inaugural para el dos de diciembre. Pero ese día Kovrin mandó un telegrama al director de estudios informándole de que una enfermedad le impedía presentarse.

Sangraba por la garganta. Escupía sangre y un par de veces al mes sufría una fuerte hemorragia; en esas ocasiones se sentía extremadamente débil y se hundía en un estado de sopor. Esa enfermedad no le asustaba de manera especial, pues sabía que su madre había vivido con ella diez años y aún más; además, los médicos le aseguraban que no era peligrosa, aconsejándole tan solo que controlara las emociones, llevara una vida tranquila y hablara menos.

En enero la lección fue suspendida de nuevo por idéntica razón y en febrero ya era demasiado tarde para empezar el curso. Tuvieron que aplazarlo para el año siguiente.

Ya no vivía con Tania, sino con otra mujer, dos años mayor que él, que le cuidaba como si fuera un niño. Su estado de ánimo era pacífico y sereno: obedecía de buena gana y cuando Varvara Nikoláievna —así se llamaba su amiga— decidió llevarlo a Crimea, se mostró de acuerdo, aunque no esperaba ningún resultado de ese viaje.

Llegaron a Sebastopol por la tarde y

decidieron descansar en un hotel y continuar hasta Yalta al día siguiente. Ambos estaban fatigados del viaje. Varvara Nikoláievna tomó té, se tumbó en la cama y no tardó en quedarse dormida. Pero Kovrin no se acostó. Una hora antes de salir para la estación, había recibido una carta de Tania y no se había decidido a abrirla; la llevaba en un bolsillo lateral y su solo recuerdo le producía una sensación desagradable. En el fondo de su alma consideraba que su matrimonio con Tania había sido un error, se alegraba de haberse separado definitivamente de ella y la imagen de esa mujer que había terminado por convertirse en un despojo humano y en la que todo parecía muerto, excepto sus grandes e inteligentes ojos, que miraban con fijeza, solo despertaba en él pena y desprecio de sí mismo. La letra del sobre le recordó lo injusto y cruel que había sido dos años antes y el modo en que había vengado en personas que no tenían culpa de nada el vacío de su alma, su hastío, su soledad y su descontento de la vida. En ese sentido recordó que una vez rompió en mil pedazos su tesis doctoral y todos los artículos escritos durante la enfermedad y que los trozos de papel, que había arrojado por la ventana, fueron llevados por el viento y quedaron prendidos en las ramas y las flores; en cada línea había visto pretensiones extrañas, sin ningún fundamento, un ímpetu irreflexivo, insolencia, manía de grandeza, una descripción de sus propios defectos; cuando desgarró el último cuaderno y arrojó los fragmentos por la ventana, por alguna razón sintió de pronto irritación y amargura; se dirigió entonces a la habitación de su mujer y le lanzó toda suerte de improperios. ¡Dios mío, cómo la había atormentado! Una vez, para hacerla sufrir, le dijo que en su historia de amor su padre había desempeñado un papel indecoroso, pues le había pedido que se casara con ella; Yegor Semiónich, que había escuchado por casualidad esas palabras, entró en la habitación y, presa de la desesperación, no fue capaz de pronunciar un solo vocablo, limitándose a patalear y a emitir mugidos extraños, como si hubiera perdido la facultad del habla, mientras Tania, al ver a su padre, había lanzado un grito desgarrador y se había desvanecido. Fue horrible.

La visión de esa letra conocida le trajo a la memoria esos recuerdos. Kovrin

127

salió al balcón; el viento estaba en calma, la temperatura era tibia, olía a mar. La maravillosa bahía reflejaba la luna y las luces de la ciudad, y tenía un color difícil de definir. Era una delicada y suave combinación de azul y verde; en algunos puntos el agua tenía la tonalidad del vitriolo y en otros la luz de la luna parecía haberse condensado, sustituyendo al agua. Y en general, ¡qué armonía de colores, qué sensación de paz, de sosiego, de grandeza!

En el piso inferior, debajo del balcón, las ventanas debían de estar abiertas, porque se oían con toda claridad voces y risas de mujer. Por lo visto, se celebraba una velada.

Kovrin hizo un esfuerzo, rasgó el sobre y, volviendo a la habitación, empezó a leer:

Mi padre acaba de morir. Es a ti a quien se lo debo, pues tú lo has matado. Nuestro huerto agoniza y ahora se ocupan de él personas extrañas, es decir, que ha sucedido lo que más temía mi pobre padre. Eso también te lo debo a ti. Te odio con toda mi alma y deseo que mueras pronto. ¡Ah, qué sufrimiento! Un dolor insoportable me consume... Maldito seas. Te tenía por un hombre excepcional, por un genio, te amaba, pero no eres más que un loco...

Incapaz de seguir leyendo, Kovrin rompió la carta y arrojó los pedazos. Le dominaba una inquietud próxima al miedo. Al otro lado del biombo dormía Varvara Nikoláievna; oía su respiración. Del piso inferior llegaban voces y risas de mujer, pero él tenía la sensación de que era la única criatura viva que había en el hotel. Le horrorizaba que la desdichada Tania, consumida por el dolor, le hubiera maldecido en su carta y hubiera deseado su muerte; dirigía miradas furtivas a la puerta, como si temiera que esa fuerza desconocida, que dos años antes había causado tantos desastres en su vida y en las de sus deudos, entrara en la habitación y volviera a adueñarse de él.

Sabía por experiencia que cuando los nervios se desbocan, el mejor remedio es trabajar. Había que sentarse a la mesa y obligarse a concentrarse en alguna idea, por mucho que costara. Sacó de su cartera roja un cuaderno en el que había esbozado un resumen de un pequeño trabajo de compilación en el que pensaba ocuparse si se aburría en Crimea. Se sentó a la mesa y examinó ese compendio; por un instante le pareció que recobraba su estado apacible, sereno, indiferente. El cuaderno le llevó a reflexionar incluso sobre la vanidad del mundo. Pensaba en lo mucho que exige la vida por los bienes insignificantes y extremadamente vulgares que ofrece al hombre. Por ejemplo, para obtener una cátedra a los cuarenta años, ser un simple profesor, exponer con voz desganada, aburrida y enojosa pensamientos de lo más corrientes y, además, ajenos; en definitiva, para alcanzar una situación de erudito mediocre, Kovrin había tenido que estudiar durante quince años, trabajar día y noche, vencer una grave enfermedad psíquica, superar un matrimonio desgraciado y cometer todo tipo de estupideces e injusticias, de las que le hubiera gustado olvidarse. Kovrin tenía ahora plena conciencia de que era una medianía, pero no le costó reconciliarse con esa realidad, pues, en su opinión, todo hombre debe estar satisfecho con lo que es.

En resumen, se había calmado del todo, pero los blancos fragmentos de la carta, esparcidos por el suelo, le impedían concentrarse. Se levantó, recogió los trozos de papel y los arrojó por la ventana, pero una ligera brisa marina que soplaba del mar los desperdigó por el alféizar. De nuevo le dominó una inquietud próxima al miedo y le pareció que era el único ser vivo del hotel... Salió al balcón. La bahía, como si estuviera viva, le miraba con sus innumerables ojos azules, celestes, turquesas y rojizos, atrayéndolo. En realidad, el ambiente era caluroso, sofocante y habría sido agradable darse un baño.

De pronto, en la planta inferior, bajo el balcón, sonó un violín y dos delicadas voces femeninas se pusieron a cantar. Conocía esa canción: una muchacha con la imaginación enfermiza oía por la noche en el jardín unos sonidos misteriosos y se imaginaba que era una armonía sagrada, incomprensible para los mortales... Kovrin contuvo la respiración, el corazón se le encogió y una alegría maravillosa y dulce, olvidada desde hacía tiempo, estremeció su pecho.

Una columna negra y alta, semejante a un torbellino o un ciclón, apareció en la otra orilla. Con aterradora velocidad atravesó la bahía en dirección al hotel, haciéndose cada vez más pequeña y oscura; Kovrin apenas tuvo tiempo de hacerse a un lado para despejarle el camino... Un monje con la cabeza descubierta, cabellos grises y cejas negras, descalzo, con las manos cruzadas sobre el pecho, pasó a su lado y se detuvo en medio de la habitación.

—¿Por qué no me creíste? —preguntó en tono de reproche, mirando a Kovrin con ternura—. Si me hubieses escuchado entonces, cuando te decía que eras un genio, no habrías pasado dos años de tanto dolor y mediocridad.

Kovrin, de nuevo convencido de que era un genio, un elegido de Dios, recordó con viveza sus anteriores conversaciones con el monje negro e hizo intención de decir algo, pero en ese momento de su garganta brotó un chorro de sangre que cayó directamente sobre su pecho; sin saber qué hacer, se llevó las manos al pecho y las mangas se mancharon de sangre. Quiso llamar a Varvara Nikoláievna, que dormía al otro lado del biombo, hizo un esfuerzo y exclamó:

—¡Tania!

Cayó al suelo y, levantándose sobre las manos, volvió a llamar:

—¡Tania!

Llamaba a Tania, al gran jardín con flores magníficas, salpicadas de rocío; llamaba al parque, a los pinos con raíces de terciopelo, a los campos de centeno, a sus asombrosos conocimientos, a su audacia, a su alegría; llamaba a aquella vida de antaño tan hermosa. En el suelo, junto a su cara, veía un gran charco de sangre; la debilidad le impedía ya pronunciar palabra, pero una felicidad inefable e infinita embargaba todo su ser. En la planta inferior, bajo el balcón, interpretaban una serenata y el monje negro le susurraba que era un genio y que moría solamente porque su débil cuerpo humano había perdido el equilibrio y ya no podía servir de envoltorio a un genio.

Cuando Varvara Nikoláievna se despertó y salió de detrás del biombo, Kovrin ya había muerto; en su rostro se había petrificado una sonrisa de felicidad.

FIN

Otros autores de fantasía y protociencia ficción rusos[2]

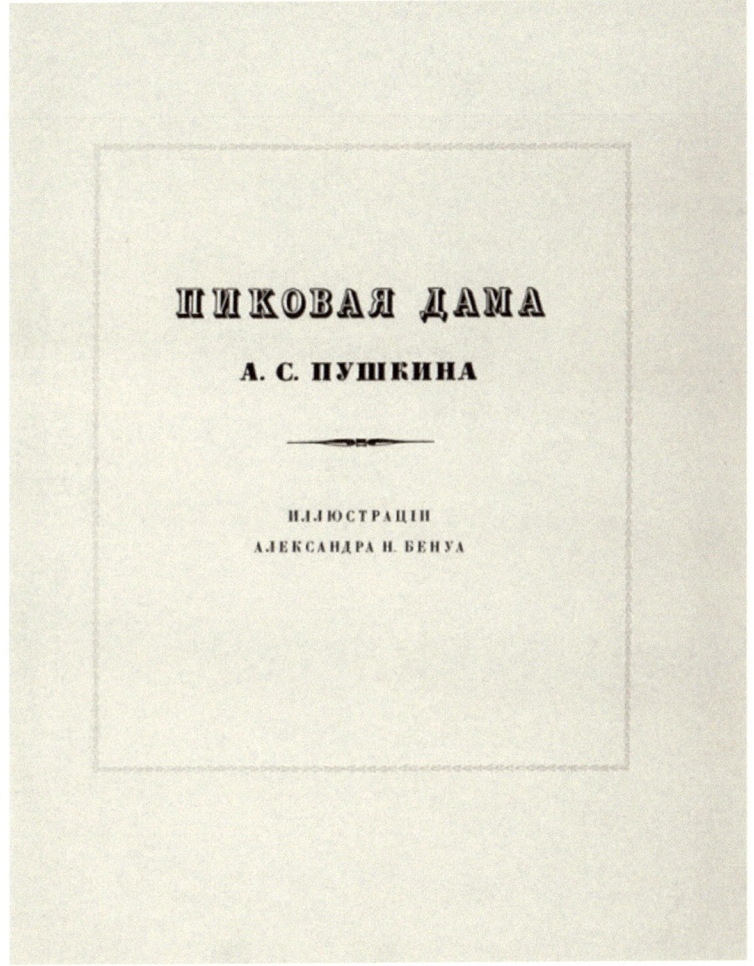

ПИКОВАЯ ДАМА

А. С. ПУШКИНА

ИЛЛЮСТРАЦІИ
АЛЕКСАНДРА Н. БЕНУА

La dama de espadas, La dama de picas o La dama de los tres naipes, de Aleksandr Pushkin (1833)

---

[2] Referido a la época del Imperio ruso, por lo que pueden ser de otras nacionalidades diferentes.

El diario de un loco, de Nikolái Gógol (1835)
Imagen, edición de 1960

СЕМЬЯ ВУРДАЛАКА *

ИЗЪ ВОСПОМИНАНІЙ НЕИЗВѢСТНАГО

неизданный разсказъ гр. А. К. Толстаго.

1815 годъ привлекъ въ Вѣну все что было тогда самаго изящнаго въ средѣ европейскихъ знаменитостей, блестящихъ салонныхъ умовъ и людей извѣстныхъ своими высокими политическими дарованіями. Это придавало городу необыкновенное оживленіе, яркость и веселость.

Конгрессъ приходилъ къ концу. Эмигранты-роялисты готовились переселиться въ возвращенные имъ замки, русскіе воины—вернуться къ своимъ покинутымъ очагамъ, а нѣсколько недовольныхъ Поляковъ—перенести въ Краковъ свои грезы о свободѣ подъ покровомъ той сомнительной незави-

---

* Разсказъ этотъ, вмѣстѣ съ другимъ, *Свиданіе черезъ 300 лѣтъ* (*Le rendez-vous dans trois cents ans*), заключающимся въ той же имѣющейся у меня тетради покойнаго графа А. К. Толстаго, принадлежатъ къ эпохѣ ранней молодости нашего поэта. Они написаны по-французски, съ намѣреннымъ подражаніемъ нѣсколько изысканной манерѣ и архаическими оборотами рѣчи *conteur*'овъ Франціи XVIII вѣка. Это придаетъ имъ въ оригиналѣ своеобразную прелесть, трудно передаваемую въ переводѣ, но читатели оцѣнятъ во всякомъ случаѣ, не сомнѣваюсь, самый интересъ помѣщаемаго здѣсь разсказа и ту *реальность* ощущеній, если можно такъ выразиться, которую авторъ сумѣлъ внести въ содержаніе чистаго вымысла. Фантастическій міръ производилъ съ юныхъ и до послѣднихъ лѣтъ на Толстаго неотразимое обаяніе... Въ тѣ же молодые его годы напечатанъ былъ имъ по-русски, въ маломъ количествѣ экземпляровъ и безъ имени автора, подобный же изъ области *вампиризма* разсказъ подъ заглавіемъ *Упырь*, составляющій нынѣ величайшую библіографическую рѣдкость. *Б. Маркевичъ.*

La familia del vourdalak, de Alexei Tolstói (1835)
Imagen, edición de 1884)

141

БѢЛЫЯ НОЧИ

САНТИМЕНТАЛЬНЫЙ РОМАНЪ

Ө. М. ДОСТОЕВСКАГО.

Вновь просмотрѣнное самимъ авторомъ изданіе.

Изданіе и собственность
Ө. СТЕЛЛОВСКАГО,
Поставщика **Его Императорскаго Величества.** Коммиссіонера
Придворной Пѣвческой Капеллы и Дирекціи Императорскихъ
театровъ и владѣтеля извѣстнаго торговаго дома И. Пеца,
существующаго съ 1785 года.
Большая Морская, № 27, въ С. Петербургѣ.

САНКТПЕТЕРБУРГЪ.
ВЪ ТИПОГРАФІИ Ө. СТЕЛЛОВСКАГО.
1865.

Noches blancas, de Theodor M. Dostoievski (1848),
primera edición independiente (1865)

Entre la muerte y la vida, Alexey Apukhtin
(1892, edición moderna)

На другой планетѣ.

Ц. 50 к.

ПОВѢСТЬ

ИЗЪ ЖИЗНИ

ОБИТАТЕЛЕЙ МАРСА.

Съ подробной картой планеты Марса.

П. Инфантьева.

НОВГОРОДЪ.
Губернская Типографія.
1901.

En otro planeta, de Porfiri Infántiev (1901)

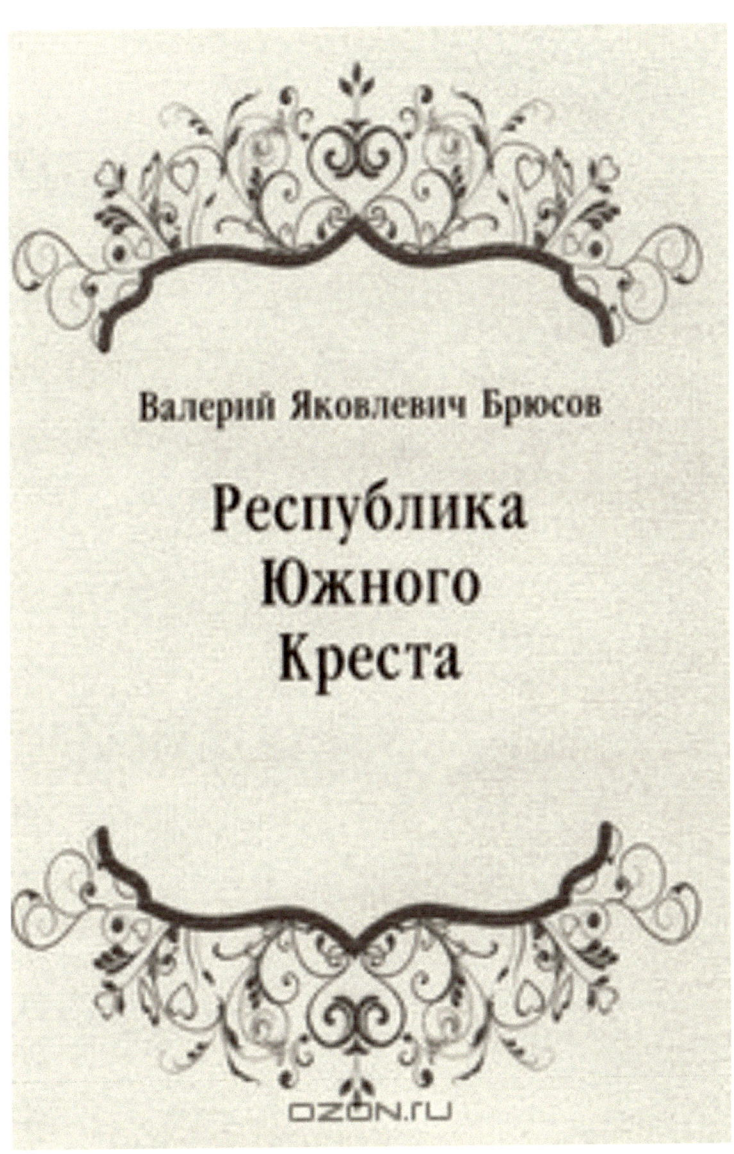

Валерий Яковлевич Брюсов

Республика Южного Креста

La república de la Cruz del Sur, de Valeri Briúsov
(1904-05)

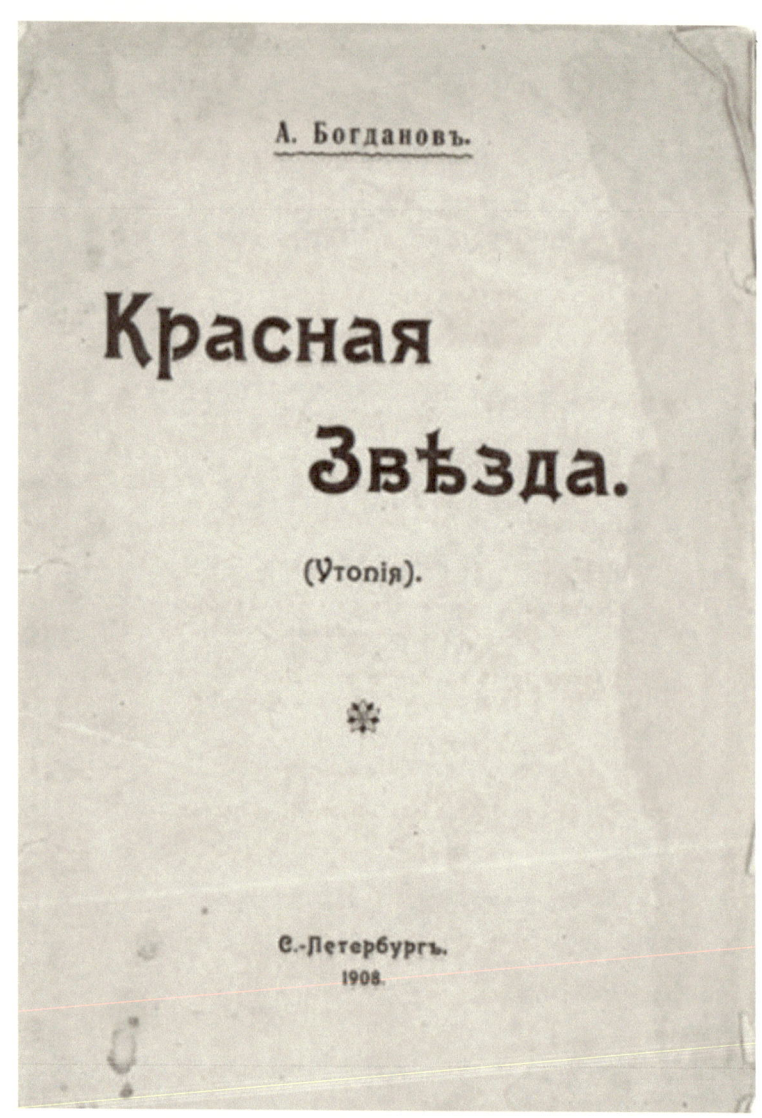

Estrella roja, de Alexander Bogdanov (1908)

El secreto de los muros y otros relatos,
de Sergei Mintslov (1917)

Nosotros, de Yevgeny Zamyatin (1920, Portada de la primera edición completa de la novela en ruso, 1952)

Aelita, o el declive de Marte, de Aleksei Tolstói (1923)

1925 г. № 4

ЕЖЕМЕСЯЧНЫЙ
ИЛЛЮСТРИРОВАННЫЙ
ЖУРНАЛ

ПУТЕШЕСТВИЙ, ПРИКЛЮЧЕНИЙ

и

НАУЧНОЙ ФАНТАСТИКИ

Издательство „ГУДОК“
МОСКВА—1925

La cabeza del profesor Dowell, de Aleksandr Belyayev
(1925)

En la Luna, de Konstantin Tsiolkovsky (1935)

Etcétera

Libros Mablaz

Narrativa — Relatos

/www.librosmablaz.com/